~ CHAPITRE 1 ~
# LE LION, LA SORCIÈRE BLANCHE ET L'ARMOIRE MAGIQUE

Traduit de l'anglais par Carine Perreur

Titre original : The Lion, the Witch and the Wardrobe : Welcome to Narnia
Copyright © 2005 by C.S. Lewis Pte. Ltd.
© Gallimard Jeunesse, 2005, pour la traduction française
Published by Gallimard Jeunesse under licence from the C.S. Lewis Company Ltd
The Chronicles of Narnia®, Narnia® and all book titles, characters and locales original
to The Chronicles of Narnia, are trademarks of CS Lewis Pte Ltd. Use without permission is strictly prohibited.
Photographs © 2005 Disney Enterprises, Inc. and Walden Media, LLC.
Book design by Rick Farley
Numéro d'édition : 138210 - Loi n°49-956 du 16 juillet 1949 sur les publications destinées à la jeunesse ;
Dépôt légal : novembre 2005 - imprimé en Chine
www.narnia.com

WALT DISNEY PICTURES ET WALDEN MEDIA PRÉSENTENT LE MONDE DE NARNIA : CHAPITRE I, LE LION, LA SORCIERE BLANCHE ET L'ARMOIRE MAGIQUE
"THE CHRONICLES OF NARNIA : THE LION, THE WITCH AND THE WARDROBE" D'APRES LE LIVRE DE C.S. LEWIS UNE PRODUCTION MARK JOHNSON UN FILM DE ANDREW ADAMSON
MUSIQUE COMPOSÉE PAR HARRY GREGSON-WILLIAMS COSTUMES ISIS MUSSENDEN MONTAGE SIM EVAN-JONES DECORS ROGER FORD DIRECTEUR DE LA PHOTOGRAPHIE DONALD M. McALPINE, ASC, ACS CO-PRODUCTEUR DOUGLAS GRESHAM
PRODUCTEURS EXECUTIFS PHILIP STEUER ANDREW ADAMSON PERRY MOORE SCENARIO DE ANN PEACOCK ET ANDREW ADAMSON ET CHRISTOPHER MARKUS & STEPHEN McFEELY
WALDEN MEDIA PRODUIT PAR MARK JOHNSON REALISE PAR ANDREW ADAMSON Walt Disney Pictures

~ CHAPITRE 1 ~
LE LION, LA SORCIÈRE BLANCHE ET L'ARMOIRE MAGIQUE

BIENVENUE À NARNIA

Adapté par Jennifer Frantz

D'après le scénario d'Ann Peacock et Andrew Adamson
et Christopher Markus & Stephen McFeely

D'après le livre de C. S. Lewis

GALLIMARD JEUNESSE

Jamais les enfants Pevensie n'auraient imaginé qu'une armoire magique changerait leur vie.

Lucy fut la première des Pevensie à découvrir
le secret de cette armoire.

Lucy, ses frères et sa sœur jouaient à cache-cache. La petite fille ne trouvait pas de bonne cachette. Elle se précipita dans une armoire placée au milieu d'une pièce vide.

Alors qu'elle s'aventurait dans le fond de l'armoire, Lucy sentit un vent froid.
Que se passait-il ?

Lucy venait de découvrir Narnia – un monde magique couvert de neige et peuplé de créatures merveilleuses.

Lorsque Lucy fut rentrée chez elle, elle partagea sa découverte avec ses frères et sa sœur. Au début, personne ne crut à son histoire.

Peter, Susan et Edmund pensèrent qu'elle avait tout inventé.

Comment un autre monde aurait-il pu tenir tout entier dans le fond d'une armoire ?

Mais les autres enfants Pevensie ne tarderaient pas à faire le même voyage.

Lucy était la plus jeune de la famille. Elle
adorait jouer et vivre des aventures. Elle
aimait aussi se faire de nouveaux amis...

… comme M. Tumnus, le faune. Elle le rencontra lors de son premier voyage à Narnia.

Edmund fut le deuxième des enfants Penvesie à visiter Narnia.

Au début, il se moqua de sa sœur Lucy. Puis il découvrit que son histoire était vraie. Mais, contrairement à Lucy, il ne se fit pas de sympathiques amis dans le royaume magique.

Vois-tu, Edmund avait le don de s'attirer des ennuis partout où il allait.

Et c'est ce qui se passa à Narnia.

Juste après avoir pénétré dans le monde de l'autre côté de l'armoire, Edmund rencontra la Sorcière Blanche.

C'était la méchante reine de Narnia.

La Sorcière Blanche donna à Edmund des friandises magiques, des loukoums.
Et il tomba très vite sous son charme.

Susan et Peter, les deux aînés, furent les derniers à visiter Narnia.

Ils ne purent en croire leurs yeux !

Au début, Susan eut peur que ses frères et sa
sœur soient en danger à Narnia. Elle pensa qu'il
serait plus sûr de rentrer à la maison.

Mais Susan finit par aimer Narnia, elle aussi.
Elle devint une fervente protectrice du
royaume et de ses créatures.

Peter, l'aîné, essayait toujours de protéger sa famille et de la garder unie.

A Narnia, Peter cherchait aussi à protéger sa famille.

Cela représentait beaucoup de responsabilités mais, comme il était l'aîné, c'était son rôle.

Le grand Aslan comprit que Peter était
courageux et responsable.

Il lui demanda de l'aider à mener les créatures de Narnia au combat, pour vaincre la Sorcière Blanche.

Grâce à leurs efforts communs, Narnia fut libéré.

Les enfants Pevensie n'auraient jamais imaginé qu'ils vivraient de telles aventures...

... et qu'ils rencontreraient autant de créatures extraordinaires.

Ou que, plus tard, ils deviendraient rois et reines d'un lieu magique appelé Narnia !

Edmund le Juste
Lucy la Vaillante
Susan la Douce
Peter le Magnifique

Lucy, Edmund, Susan et Peter retournèrent dans leur propre monde ; mais ils savaient que le royaume magique continuerait à vivre dans leur cœur pour toujours !